KB203230

층층나무편의점

층층나무편의점

이정오 시집

시와정신시인선

▣

시인의 말

그들은 나의 전부였다

내가 나를

내가 그들을

죽도록

사랑하지 않으면 안 되었다

여기는 365일만 있으므로

모든 요일은 지운다

내 시가 조금이나마

서로의 마음을

어루만져줄 수 있기를

차 례

___ 제1부

___ 제2부

___ 제3부

___ 제4부

___ 제5부

제1부

즉석복권

하루걸러 한번 삼십 분 가량
테이블 주변을 뭉개고 가는 사람이 있다

탁자와 바닥
사방에 금가루를 뿌린다
조마조마 숫자가 보일 때마다
잘게잘게 부서지는 그 남자의 부푼 꿈

그는 약간 지체장애를 가졌다
몸에서는 언제나 시큼한 냄새가 난다
가장 바쁜 아침 출근 시간 일곱 시 삼십 분
그는 희망에 부풀어
얼굴이 벌게지도록
시간의 부스러기를 후후 불어 날린다

어쩌다
주어진 숫자와 비슷한 모양이 나타나면
괴성을 지르기도 한다

결국 일그러진 표정으로
삐뚤빼뚤 자전거를 타고 멀어져간다

눈빛

배꽃 따러 가는 모녀
아침 일곱 시
구백 원짜리 맥심커피 한 잔 타놓고
차를 기다린다

십 분 후
낡은 트럭이 도착하면 차에 오른다
어느 날 무심코 문밖으로 나갔다가
딸의 얼굴과 딱, 마주쳤다
슬며시 고개를 돌리는 눈빛
어디선가 낯익은 모습이다

내가 삐걱거리는 트럭을 몰고 일할 때
누군가와 마주치는 순간
내 마음에 가졌던 눈빛과
꼭 닮았다

배꽃처럼 환한 두 얼굴
가끔 딸의 눈빛이 선하다
창피하거나

부끄럽지 않은 일인데
아무렇지도 않은데

찜통더위가 내리꽂히던 여름날
신갈 사거리에 멈추어 덜커덩덜커덩
에어컨이 있는 것처럼 창문을 올린 채
땀범벅이 되어 파란불을 기다리던

참 지루하고
그 숨 막혔던 시간

그들은 날아갔다

오월 아침

출입문을 활짝 연다

바동거리며 문틈에 앉아 버티던

하루살이 두 마리

죽을힘을 다해 문밖으로 도망친다

생의 마지막까지 짝짓기 위해

불빛 밝은 편의점으로 날아들던 밤은 갔다

밤새 아우성치며 기어오르던 유리창

바닥으로 바닥으로

툭툭, 떨어지던 시체들

그 틈바구니에서

혼신을 다해 사랑한 생을 부여잡으며

그들은 갔다

플랫폼

모든 존재와 존재 사이
서로서로 채우고 비운다
어둠이 되고 빛이 된다

내 시詩 또한
낮과 밤
그런 존재와 존재 사이
건너가고 건너온다
오감으로 통한다

수없는
서로 다른 선택을 스캔하고
주고받으며 살아가는
승강장 여기

압사바리*

겨울날
새벽바람을 가르며 들이닥치는
덤프차 운전하는 박씨

나는 눈꺼풀이 무거워 땅으로 꺼지는데
그의 목소리 하늘을 찌른다

차가 데워지는 동안
덤프트럭 같은 목소리와 웃음이
편의점을 무너뜨린다

그가 오지 않는 날부터
겨울은 갔다
봄 일이 터진 것이다

* 압사바리(앞사바리) : 자동차의 앞바퀴 네 개가
핸들과 연결되어 있는 자동차
15톤 이상의 대형 트럭 중에
이런 자동차가 많다

출근등록

많은 사람들이 들고 나는 퇴근 시간
방금 배송된 상품들이 어수선하다
언제나 가지런히 진열돼 있어야 하는
일상에 필요한 소소한 물건들이다

언제부턴가
나도 내 안에 편의점 하나 오픈했다
복잡하게 지나온 길 육신을 정돈하여
새 손님 맞을 채비를 갖추었다
문은 언제나 열려 있다

물류배달직원은 악천후에도 불구하고 매일
정해진 시간에 물건을 배달한다
일정 시간을 넘기면 페널티가 적용된다
거래처에 들를 때마다
시간이 기록된 출근영수증을 뽑아간다
영수증이 안 찍히면 한 거래처당
이천 원이 까인다

잠시 멈추었던 개미 열차가 출발한다
하루하루 씨앗을 키운다

참새의 아침

여명과 함께 5월 녹음을 파고드는
여섯 시 십오 분 전
밤새 깃털 속에 꿍쳐둔
비밀 이야기를 풀어놓는 시간

잠이 덜 깬 나뭇잎을 건너다니며
가지를 간지럽힌다
나무는 파르르 몸을 떨면서 일어나
차마 저 귀여운 참새에게는
화를 내지 못한다

세 살짜리 아이가 슬금슬금 기어와
눈 코 귀 아무데나 손가락으로 찌를 때
짜증나지만 사랑스러운
급기야 배 위에 올라타 하늘을 날았다가
쿵, 내려앉는 순간
일어나지 않고는 못 배기는
젊은 아빠의 휴일 아침처럼

대부분 곤한 잠에 빠진 아른 시각

매일 반복되는 알람이다

재잘대는 참새들
놀아달라고 칭얼대는 아이
꿈속 고요를 깨우는 아침 소리들이다
동그랗게 감겨오는 하루가
회오리처럼 허공 속으로 빨려 들어간다
왁자지껄 참새의 아침 사이로
뻐꾸기 울음이 어깨동무하며 하루를 연다

외톨이

여드름이 덕지덕지 났어
밤 아홉 시와 열 시 사이
언제나 혼자 와서
먹을 걸 고르는 시간이 길었지

알고 보니 그럴 수밖에
복지카드 한도에 맞추어야 했으니까
먹는 속도 또한 빨랐어
치매 걸린 사람처럼

구석자리에 웅크리고 앉아
가끔 두리번거리며 눈치를 보는 듯했어
갑자기
중학교 때 보았던 동창 모습이 떠올랐지

수업시간마다 수없이 자기 얼굴을 그리다
매번 선생님한테 혼나던
지금은 만화작가가 된 친구
어느 날 자기 세상이 보였던 거야

외로워하지 마
열심히 살다보면 보일 거야
세상이 다 편의점이잖아

별빛 스민 솔바람에

희뿌연 새벽 한 시
아파트와 아파트 사이
나무와 풀들이 자고 있는 공간 사이
이쪽저쪽
고양이 울음으로 가득하다

으르렁거리며 서로 사랑을 주고받는 사이
경칩을 앞두고
예년 기온을 되찾아 포근하겠다고
기상청은 예보했다

팔짱을 끼고 편의점을 빠져나가는
연인이 보인다
그 뒷모습을 우두커니 우러르며
담배 한 개비를 피워 문다
봄기운이 말랑말랑하다

담장 높이 오르던 새와 고양이도
어느새 이슬 젖은 숲으로 사라지고
나 홀로 남았다

봄이 오는 사이 잠자던 풀 뒤척이고
살랑살랑 내 마음도 잠시 연둣빛으로 흔들린다
동병상련이다

어떤 추석

사람도 물건도 다 입을 꾹 다물고 있었다
텔레비전까지 꺼져 있었다
아이는 창밖 구름에 갇힌 석양을 보고
한가위 달빛이 크고 환하다 했다
불을 켰다
침묵하던 사물들이 모두 사라졌다
그나마 창가를 흐르던 달빛이 자리를 고쳐 앉아
서럽게 굽은 등을 조금 내밀었다
어딘가 즐거운 웃음과 말들이 돌아다닐 것 같아
길을 나섰다 배가 고팠다
한참을 걷다 편의점이 보여 들렀다
라면에 끓는 물을 부어 오래 두어도 좀처럼
구부러진 면발은 펴지지 않았다
면발이 풀어질 때까지
탁자 위에 수차례 그림을 그렸다 지우곤 했다
동이 트기 무섭게
논으로 향하던 아버지의 뒷모습이 보이고
가지런히 걸린 헛간 농기구 옆 돼지우리에서는
여러 마리 새끼들이 이미 꿀렁꿀렁해진

어미 배를 자꾸 들이받고 있었다
그렇게 날이 밝아오는 새벽까지
편의점 구석을 차지하고 말았다
은빛 제트기가 긴 여운을 남기며 폭음을 쏟고
고향 쪽으로 날아갔다
감나무 가지를 날아다니는 까치가 꽁지를 씰룩거리며
짖어대고 있었다
희뿌연 안개가 조금씩 걷히고 있었다

층층나무 꽃

투명해진다
아파트 담장에 부딪쳐 돌아오는 가냘픈 뻐꾸기 울음
고요는 깨지고
어머니께 가지 못하는 그리움의 통점이
새벽 4시에 맺는다

이 시간
요양병원에 계신 어머니 닮은 할머니 한 분
어디를 가시는 걸까
베지밀 한 병 사려고 허리춤에서 꺼내는
돌돌 말린 비닐지갑
지갑을 풀자 습기 찬 비닐 속에서
녹슨 동전의 울음보가 터진다

전깃줄에 앉아 울던 뻐꾸기가
내 분주한 일상의 핑계를 물고 날아간다
어머니의 새벽을 깨울까 염려되어
나는 할머니께 공손히 인사하고
뻐꾸기 비행방향과 등지고 앉는다

뻐꾸기 울음은 더 이상 들리지 않았다
날갯짓에 창밖 층층나무 꽃만 후드득 떨어져
환한 꽃길이 되었다

바코드

내 손에 쥔 스캐너를 갖다 대어야만
읽을 수 있는 암호

사랑한다고 처음 말하던 날
그대 마음 읽으려는데
바코드가 없다

새긴 적 없으니
있을 리 없지

어디에 새길까
갈비뼈에 새길까
아니다
그대 가슴에 새겨 붙이기로 한다

그대는 얼마쯤일까
싫다
가격을 매기는 건

바코드로 찍을 수 없는 그대

사진

추가된 경고 문구는 이렇다

심장질환 폐암 뇌졸중의 원인
구강암 후두암의 원인
발기부전의 원인
유산과 기형아 출산의 원인
흡연으로 당신의 아이를 홀로 남겨두시겠습니까
연기에 들어있는 발암성 물질 종류

작년 11월부터 담배갑에
사진이 인쇄되어 나온다
그렇지만 정작
그걸 사진이라 말하는 사람은 아무도 없다
사람들은 모두가 그림이라 부른다

사진은 진실된 실체
그림은 전달하고 싶은 이의 마음
흡연가 애연가들은

상상초월 믿고 싶지 않은 미래에 닿는다
무의식 속 불감증이 자란다

태풍

건장한 청년 셋이서 들어온다
한 사람은 레쓰비 캔 커피
또 한 사람은 컨디션
다른 한 사람은 유자차

각자 계산을 하면서도
아무 말이 없다
산 물건을 들고
탁자에 앉아 마시면서도 조용하다

십여 분이 지나도록 아무 소리가 없어
눈여겨보니
수화를 하고 있다

잠깐 한눈판 사이
빈 의자 빈 탁자만
거기 남아 있다

제2부

봄바람 새

넌 언덕 위의 목련
난 아랫마을 잠꾸러기 명자
겨울을 견딘 겨드랑이 사이로
새로운 길을 내겠다며
샛바람이 쌀쌀맞게
아침을 깨우네

눈을 뜨기 무섭게 실바람 여인
움츠렸던 내 숨구멍까지
조심조심 들여다보네
어린가지에 귀엣말로
희망을 불어 넣으며
밤새 우주의 문을 열고 간신히 내민
꽃망울 눈을 차갑게 어루만지네

놀란 꽃망울 진통도 없이 폭죽처럼 터지네
햇살과 손잡은 산들바람 어깨춤 추네

세상은 온통 꽃등 밝히고

나는 경계를 허물고픈 봄을 위해
잠시 눈을 감아보네
눈길이 자꾸만 멀어지네

꽃샘바람 언덕을 넘어 달아나네
주르륵 볼을 타고 흘러내리는
방울방울 안개 속 슬픔들
난 자꾸만 들러붙는 겨울을 헹궈내며
명주바람을 향해 손을 흔들어보네
편의점 창가에 햇살 하나 웃고 있네

오야

아따 참말로 인자 일 나가네요
반나절을 까먹어부렀으야

뭔 걱정이라요
성님이 오얀디

돈이나 신용카드를 획 집어던지고
"에세 0.1 하나 주셔잉" 하는 오야

나도 오야에게 0.1을 획 집어던지고
"여깄소!" 하고 싶은데

아침저녁으로 들르는 단골은 단골이니까
성격이다 싶어 참고 또 참는다

꼭 필요한 말만 하면 그 뿐
잠시 지나는 바람으로 생각하면 그 뿐

열자, 마음을 열자

지우자, 마음을 지우자
수십 번을 되뇌인다

이런 일이 어디 이 오야뿐인가
중국인도 몽골인도 있다

오야가 뭐 별거던가
몸에 밴 습관이 문제지

독한 위로

세상이 어지러울수록
시절이 수상할수록
사람들은 독한 걸 찾는다

맥주에서 소주로
초록뚜껑 소주에서 빨강뚜껑으로
연한 담배에서 독한 담배로
순한 라면에서 매운 라면으로
부드러운 음료에서 톡 쏘는 것으로

한겨울에 아이스커피를 찾기도 한다
그렇게 마음을 달랜다 스트레스를 날린다
해결되지 않는 일 위화감 불안감
일상이 엇박자로 가득차면
분노가 들썩거린다

나도 오늘
매운 라면에
독한 술 한 병 깠다

찐빵

둥근 찜기 속
4층짜리 새장 안에
동그란 찐빵식구들이
한 층씩 세 들어 산다
단팥 야채 피자 고기
각각의 사랑을 채우고 옷을 걸친
배가 불룩한 대기자들
빙그르르 돌며
적당한 습기를 머금고
둥근 몸을 쪄내고 있다
구미에 맞춰
구미를 따라가지만
누구 입맛을 따라갈지 기다릴 뿐이다
선택되지 못하면 폐기처분되어야 하는
세상이 여기 있다

인력사무소 앞에 트럭이 멈춰선다

다이어트 2

젊은 모녀가 마주앉아
라면을 먹는다

빨리 먹지 좀 마

최대한 천천히 먹는 거예요

벌써 절반은 먹었잖아

정말 억울해요

얹히겠네

엄마는 45킬로그램
초등학교 4학년 딸은 75킬로그램

동네 편의점 개업으로
시골마을 회관 앞이 환하게 해방을 맞아
간식으로부터 자유로웠다
자유로운 만큼

엄마 잔소리와 함께
몸매에 책임이 따라다녔다

한 끼

밥을 먹고 있으면서도 배고픈 기분을
너는 아니?
한 끼 밥을 먹기 위해
몇 시간을 뼈 빠지게 일해야 하는지
생각해 봤냐구

만만한 구석이 없어 편의점을 찾게 되고
편의점에서도 빙글빙글 한 바퀴를 다 돌며
할인행사 하는 걸 찾다가 결국
라면 한 개 삼각김밥 하나 사들고 나올 때
너 그 기분 아냐구

그렇게 통화하며 문을 나서는
한 젊은 아가씨가 있었다

마비

인터넷이 끊겼다
인근 아파트 공사장에 크레인이 지나다가
선을 모두 끊어먹었다고 알려온 게 벌써
두 시간 전이다
계산대가 먹통이다
칩과 마그네틱에 정보를 입력해 만든
모든 카드가 무용지물
교통카드 충전도 안 된다
그나마 궁여지책
현금이 없으면 아무것도 할 수 없다
라면도 먹을 수 없다
화폐 없어지는 시대가
언젠가 올 수 있다는 얘기를 들은 적 있다
그땐 다른 비책을 내놓겠지만
지금은 수리되는 동안 다른 방법이 없다
망연자실 기다리는 수밖에
교통체증도 우리네 혈관도 마찬가지
마비가 풀리고 뚫려야
흐름이 원활하게 연결된다
우리는 가끔 속수무책인 시간 속을 걷는다

대청소

온종일 바닥만 닦았다
도농복합도시 여기는 한창 농사철

밭 갈고 논 갈고
채소 심고 감자 들깨 묻고
물 대고 써레질하고 모내기하고
우사 돈사 짓고 원룸 빌라 짓고

땀 흘린 장화발들이
아이스크림 음료수 소주 막걸리 생각나
터벅터벅 들어오고 나간다
사방 흙부스러기와 검불 먼지가 떨어진다

어쩔 수 없다
하루 내내 바닥을 쓸고 닦으며 나는
욕을 했던가
도를 닦았던가

파리채

조마조마 숨죽이고 1초 2초
이번엔 널 꼭 잡아야지

도시락에 앉은 파리
가만가만 손을 뻗는다
내리칠 때는
송골매처럼 날렵해야 한다
머리보다 10cm쯤 뒤쪽을 향해

멈칫거리면
놈의 비행보다
놈의 촉수보다 늦는다
마음속으로 헤아리는
하나 둘 셋
셋과 동시에 허공을 가른다

너도 한 철, 나도 한 철

앗,
오늘 또 살았다

편의점 대첩

불빛 노출에 긴장은 극도로 고조되었지
수소문 끝에 '세스코'를 불러들였어
숲이 있는 양쪽에서 포충등으로 유인하고
출입문으로 달려드는 놈들은 강력한
에어커튼을 설치하여 날려버리기로 작전을 세웠지

불빛을 좇아 사생결단 돌진하여
아침이면 죽어 있거나 죽어가는
하루를 일생으로 태어난 생명들

밤새 유리창마다 까맣게 기어오르다
유성처럼 떨어져 무덤을 만들곤 하지
불 켜진 밤을 지나는 자리마다
시체들이 밟혀 뭉개지고 터졌어
일부 대포를 장착한 노린재와 나방들은
나동그라지며 테라스 틈바구니로 추락했지
그렇다고 안쪽의 피해가 적은 건 아니었어
방어벽을 뚫고 구석구석 진을 친 날쌘 놈들이
냉장고와 진열장에 공격을 감행하기 때문이지

비린 시체 냄새가 여름을 끌고 갔어
물비린내가 났지
단 한 번에 완벽을 기대한다는 건
자연현상을 거스르는 일
여름 내내 치른 대전은 대승을 거두었어
시체들은 아마 우주 미아로 떠돌다
몇백억 년 후
인연의 조각들끼리 다시 만나
어느 별 티끌로 또 하루를 살겠지

손

옆 가게는 강아지 카페다
그 사장님은
열심히 일한 흔적을 지우려고
일주일에 한 번씩 찜질방에 간다

"이것 봐라 이것 봐"
손등을 펴 보이며 하는 목소리
창피해서 다른 사람과 악수를 할 수 없다고
볼멘소리를 한다
개 고양이에게 수없이 할퀸 자국

예쁘다 예뻐

거칠어진 손
선뜻 다른 사람에게 내밀지 못하는
불편한 저 심정 나도 안다

매일 저녁
이태리타월로 문지르고

핸드크림을 발라도 소용없는
노동의 슬픔

그 허기여 아름다움이여

홀수의 시간

홀수의 시간이 더 배고프다
짝을 찾는다
늦은 밤
술집을 찾는 사람들이나
편의점을 찾는 사람들도 그렇다
술 한 잔을 마셔도
홀수의 자리가
술맛이 더 난다
그렇다
모서리는 언제나
돌기 전까지가 불안하다

시간을 재는 사람들

편의점에서 근무하는 동료들은
서로 한 자리에서 만날 수 없다

비 내리는 오후에도 만날 수 없는 노동자들
나무껍질 같은 존재다

놓치지 않고 나무에 붙어있는 것만으로도
다행으로 여기는 사람들이다

아파도 돌처럼 박혀야 하는 시간
누군가 대신할 수 없을 땐
돌에서도 연기가 난다

분홍 노랑 하양 각기 다른 시간 속으로
뿔뿔이 흩어지는 가족
그들은 모두 상사화로 핀다

잠잠히

세상이 그네를 탄다
잠을 자고 싶다
나는 생체리듬이 엉켜버린 심각한 가로수
잠을 자고 싶다
잠속에서도 낮은 불규칙하게 흔들린다
제대로 된 잠을 자고 싶다
꿈을 꾸고 싶다
검은 구름도 석양에 물들면 아름다워진다
검은 밤과 뒹굴며 잠을 자고 싶다
언제쯤 잠잠해지는 시간이 찾아올까
혼돈의 시간
촛불시위가 무르익던 날에도
나는 느티나무 야간근무자
잠을 자고 싶다
잠잠히

천 원짜리 밤기차

여덟 시 오십 분
서운산瑞雲山 정상으로 솟구치는 해가
햇살을 뿌린다
밤을 꼬박 새웠는데
천 원짜리 손님 열 명
가게 안은 밝은 빛으로 가득한데
내 시야는 까맣다
모든 선택은 나에게 주어지지 않았다
모조리 외부의 것이었다
마지막 손님인 아주머니 한 분이 승차하여
빙글빙글 실내를 두 바퀴 돌더니
쥬시후레시 스틱 껌 한 통을 내민다
"천 원입니다 고맙습니다"
이제 10분에 5미터씩 달아나는 해
햇살에 선명해진 유리창 지문을 닦는다
내 마음의 지문도 닦는다
창밖으로
"밥 한 공기 300원 쟁취"
깃발을 꽂고 달려가는 트럭과

"경기불황"
액정화면 속으로 지나가는 휴대폰 글자가
서로 교차한다
밤새 천 원짜리 손님 열 명을 태운 완행열차
서서히 플랫폼을 빠져나간다

제3부

쉐이크Shake

그는 완전 긍정 덩어리
사십 년을 절룩거리는 다리로
굽이굽이 걸으며 산 넘고 물을 건넜다
주야간 교대 근무하는 공장에 다니지만
언제나 밝다

쉐이크
세상이 많이 흔들렸을 것이다
그의 취미는 낚시다
거의 주말마다 호수나 바다로 간다
꼿꼿하게 수면 위를 노려보던 찌가 흔들리다
쑤욱, 올라오거나 가라앉을 순간
노련한 솜씨로
생명줄을 잡아당겼을 사람

수평선을 낚다가
잡은 고기를 다 놓아주고 돌아오는 길
긍정으로 밝게 사는 법을 익혔을 사람
출발하기 전
길게

쉐이크

쉐이크 담배 한 개비를 허공에 태우곤 했다
요즘, 긴 머리 애인이 생겼다며
더 밝게 웃는다
쉐이크
짧게
입 꼬리가 흔들린다

자명종 할아버지

거의 매일 반복되는 일
출입문에 달아놓은 풍경종이 울린다
야간근무자에겐 가장 졸린 시각
새벽 다섯 시
졸고 있던 나는 놀라 일어선다

단장 짚고 모자를 쓰고 숨찬 얼굴로
어김없이 나타나시는 83세 할아버지
언제나 에세프라임 담배 한 갑
주머니 여러 개 달린 등산조끼에서 지갑을 꺼낸다
여기저기 주머니란 주머니 다 뒤져
겨우 꺼낸 장지갑

손은 수전증으로 떨고 있다
거스름돈과 담배를 건넨다
담배는 겉 점퍼 주머니에
지폐는 지갑에 넣어 큰 조끼 주머니에
동전은 동전지갑을 열어 아래 주머니에 넣는다

지갑과 동전지갑을 열고 닫는데

족히 5분 넘게 걸린다
"아이구, 빨리 죽어야 하는데"
매번 그 말을 남기며 힘겹게 문을 밀고 나간다

매달린 부엉이 풍경종이 어설픈 소리로 운다
졸음 가득한 내 두 눈은 고향으로 향하고
아버지의 새벽 밭은기침 소리 들린다
머리를 세게 흔들어 정신을 차린다

스쿠터 아저씨

들어오자마자 얼음 컵 담긴 냉동고에
조심스레 헬멧을 벗어 얹는다

겨울이나 여름이나
소형 스쿠터를 타고 다니기에
헬멧은 필수

검은 얼굴에 흰 수염이 까칠하다
막노동 나가는 4시 30분
4월 봄 못자리 일 나갈 때는 6시다
커피 한 잔에 언 손과 빈속을 녹인다

언젠가 목욕탕에서 만난 적이 있다
몸 전체가 까무잡잡했다
거시기는 더 검고 길었다
항상 큰 목소리와 자신감

넘치는 활력을 가진 일흔 살
쓰고 나가는 헬멧 창에 입김이 서린다

술태백이

아침 댓바람에 문을 열고 들어와
"저 십만 원만 빌려 주세유
운전면허 시험 보러 가유" 한다

작년에 면허를 취소당한 술태백이
음주로 항상 위태로운 젊은 친구

지금은 운전 잘 하고 다니겠지

액셀을 밟을 때마다
아직 받지 못한 십만 원
허공으로 둥둥 떠올라 구름이 된다

가게 건너편 점집 개가
컹컹, 짖어댄다
멀리서 그가 걸어온다
붉은 대나무 깃발이 펄럭인다

봉고차를 기다리는 사람들

아저씨 서너 명이
우르르 몰려 왔다 몰려 나간다
담배 한 갑씩 사고는
길 건너 보도블록에 서성대며
담배 피우거나 뒷짐을 지고 하늘을 본다
쏜살같이 코너를 돌아
그들 앞에 멈추는 연두색 봉고차
아침 6시 30분이다
그들을 태우자마자 쌩 하고
듬뿍 매연을 내뱉으며 사라진다
봉고차가 날아간 시간
편의점은 바빠지기 시작한다
출근길 다투어 모여드는 사람들
커피 샌드위치 삼각김밥 우유를 들고
걸음을 재촉한다
한차례 전쟁을 치루고 나면
한동안 머리가 멍멍하다
뒷정리와 함께 정신을 가다듬고
삶의 현장 한 페이지를 넘긴다

5학년 김영웅

어린 독수리 눈빛 세상을 쏘아본다
말총머리 계란형 얼굴
걸음걸이는 사막을 걷는 낙타를 닮았다
편의점에 올 때도
그는 늘 혼자서 온다
나이에 비해 꿋꿋하고 의젓하다

커서 뭘 하는 사람이 되고 싶니?
권투선수요

주저 없이 대답했다
대답 역시 예리했다
꽃미남 배우
장래의 권투선수를 만난 것이다

살아가면서 꿈은 바뀔 수 있다
하지만 난 그의 신념을 믿는다
그가 맥없이 문을 열고 들어서는 날은
추위가 뒤따라 들어왔다

복싱대회에 나갔다 오는 길이란다

최선을 다해 열심히 싸웠니?
네
많이 맞았니?
네

그럼 됐다고 등을 두드려주었다
힐끗 돌아보는 눈빛이 별처럼 빛났다

나이스치킨

말 똥 두 개로 퇴직한 사나이
중풍에 쓰러져
세 번이나 수술한 그의 아내

맨 처음 쓰러졌을 때는
형제 일가친척들까지 돈 봉투를 주고 갔지만
두 번째 쓰러졌을 때는
“아이구, 어떡하니?”
걱정으로 대신하던 날들

세 번째는 전화조차 받지 않았다
결국 퇴직금과 전 재산 다 날리고
빚더미에 올라앉은 그

아내를 운동시키다 “가게 세놓음”이란 글자에
무릎을 친 후
섭섭함과 배신감에 이를 악물고 닭을 튀기는 사내
닭이 날아다니고
음악이 맥주잔 위로 건너다녔다

아내가 죽은 다음 날부터
11년째 하루도 쉰 적이 없다
경매로 넘어갔던 옛 시골집을 찾고
신용불량도 벗어나
신용카드를 만들었다는

힘들고 답답할 때면 배달 오토바이를 세우고
담배를 사러 오는 나이스치킨 사나이
오늘도 나이스

일용직 박씨

아침 5시 45분
박씨는 자전거 벨 딸랑딸랑 울리며 나타난다
말할 때마다 양쪽 이가 똑같이 두 개씩 빠진
잇몸 사이로 발음이 샌다
하루 십만 원 일당을 받으면
인력사무실 수수료 만 원을 떼고 교통비로 이천 원
나머지 팔만 팔천 원이 돌아온다
아침마다 한라산 한 갑을 사기 위해
사천 원을 들고 온다

작년 한 해 동안 마누라가 진 빚 갚느라
죽을 똥을 쌌단다
그 바람에 담배를 더 피우게 되고
어제는 소 먹이 옥수수 풀 베느라
종일 트랙터 끌고 다녔더니
온몸이 쑤신다며 힘들어했다

"육십 다섯 먹은 사람한테
어느 누가 공돈을 주겠나

먹고 살려면 어쩔 도리가 없어
인력사무실에 나가면 별의별 사람 다 있지
무엇보다 나갔다 공치고 돌아오는 일만
없었으면 좋겠어"

박씨의 기상관측 능력은 대단하다
뿌옇게 흐린 새벽 비가 오려나 하면
안개가 분명하다 했다
그런 날은 해가 느릿느릿 걸어와
희뿌연 허공을 지우며 하늘이 맑게 개는 걸
누구나 목격했다

색소폰 할아버지

이른 새벽 담배를 사러 왔다가
우쿨렐레 치는 나를 보고
말문이 트인 할아버지
서울에서 이곳에 내려와 산 지 십 년
마땅히 어울릴만한 상대를
찾지 못했다는 말을 시작으로

어느 날
내가 색소폰을 배우고 싶다 말했을 때부터
지난 육 개월 동안 쉼 없이
당신의 화려했던 과거를 되씹으며
끝없는 말로 색소폰을 불어댄다
그는 젊었을 때부터 음악과 관련된
무대장치 일을 했단다

처음엔 귀담아 듣다가
한 시간이 지나는 길부터 늘 지루하다
귀가 닫힌다 건성으로 듣는다
새로운 하루를 준비해야 할 시간에

기운마저 다 빼앗기는 기분이다
오늘도 벌써 두 시간이 넘었다

날이 밝아온다
자전거 페달을 밟으며 돌아가는
할아버지 머릿속엔 무엇이 남았을까
말과 귀를 버리고 싶을 때가 있다
사춘기 그때
왕년에 잘 나갔다던 친구 삼촌 잔소리처럼

귀여운 곰돌이

고개를 까딱하고 성큼성큼 들어온다
보글보글 폭신폭신한 폴라폴리스 원단으로 만든
후두모자 달린 하얀 점퍼차림의 젊은 백곰
그는 작은 눈으로 재빠르게 냉장고를 훑어보고
삼각김밥과 햄버거를 들고 온다
출근하면서 먹는 간단한 아침식사다
남들은 다 전자레인지에 데워 먹는데
살을 에는 한겨울에도 그는 밖으로 나가
김밥과 도시락을 까먹는다
물이나 음료수도 물론 차가운 걸 마신다
언제부턴가 추위에 길들여진 습관일지 모른다
아니다, 일행보다 늦지 않기 위해
시간을 아끼는 것일지도 모른다
삼월 하순 어느 날
그는 빨강 티에 청바지
머리카락도 가지런히 잘랐다
봄 채비일까
밥을 먹기 전 먼저 커피를 마시는
신기한 작은 곰

나중에 이름을 알았지만
공장에 다니면서 밤낮으로 묵묵히 일하는
믿음직한 곰돌이

나이스치킨 2

새벽 두 시
그에게는 초저녁이다
퇴근하면서 치킨 반 마리를 주고 간다
내 생각이 나
한 마리를 튀겨 반씩 나눴다고 했다
나는 한 시에 온 푸드 상품 검품과 진열을 마치고
세 시쯤 그가 준 포장을 뜯었다
때로는 반 마리도 혼자 먹기엔 버겁다
맥주 한 모금 마시고 닭 한 점을 먹는다
다리 하나 날개 한 개 몸통 여섯 조각
모두 여덟 조각이다
반 마리 닭을 놓고 혼자 먹는다는 건
왠지 쓸쓸하다
간장 소스 네 조각
매운 양념 소스 네 조각
지금쯤 그 친구도 집에 도착하여
소주 한 잔 마시겠다
인생 절반씩 무너졌던 사람끼리
갈라놓은 두부모처럼

더 이상 좁혀질 수 없는 형제간을 생각하며
치킨 조각을 물어뜯는 새벽

상마정 이장님

며칠 안 보이던 이장님이 떴다
강원도 산골에 갔다 왔단다

싸리버섯 꾀꼬리버섯
화롯불 노란 양은냄비에 고종사촌형이 끓여준
버섯찌개 맛을 잊을 수가 없어

맨날 뱀 잡아먹고 술로 살더니
엊그제
아파 병원에 가니 급성폐렴이라며
나이 80에 돌아갔지
속이 성한 데가 한 군데도 없었다더군

하루에 소주 대병 하나씩 마셨으니
기관 마비로 통증을 못 느꼈던 걸까

토요일 병원에 입원해서
일요일에 돌아가셨어
서운하지만 차라리

행복한 운명이었지

그는 담배 한 대 피워 물고 구름을 본다
찌그러진 찌개 냄비에 수저 담그고
형과 함께 밥 먹던 추억에
지그시 눈을 감는 우리 동네 이장님

국수 할머니

이슬을 털고
국수 가락 같은 눈물자국을 훔치며 들어선다
운동하러 나왔다가
로드 킬 당한 어린 고양이를 보고
불쌍해서 울고 있다
"사람이나 동물이나 생명은 다 마찬가지여"
길가에 조용히 끌어다 놓고 기도하며
다음 생은 사람으로 태어나라고 했단다
나이 여든에 소녀의 마음을 간직한
남편이 바람 피워 세 살 난 딸이 있는 걸 알고도
식구들에게 쉬쉬 감추고 살아온 그녀
남편 밥줄 떨어질까 이혼을 자청하고
스물다섯부터 혼자 살아온 순정파
지금껏 혼자 살면서
온갖 역경 다 헤쳐 나왔건만
마음만은 천사
곱상한 얼굴 그녀
그녀 마음엔 동그란 이슬
풀빛 울음으로 가득 차 있다

비 내리는 날

쓸어 담는 하루살이 피는 검다
검은 자국을 남기며 주검들이 짓이겨진다
극성맞은 초여름 무더위를 꺾어가며
마침마다 한 됫박씩 퍼 담아야 하는
축구공만큼 버려지는 편의점 날벌레들

오늘은 비가 내린다
비 내리는 날 그들은 조용하다
다 어디론가 숨었지만
내 손에서는 아직
어제의 벌레냄새가 가시지 않았다

빗물 따라 그들은 바다로 향하고

모르겠다
살자고 들어오는 건지 죽자고 들어오는 건지
환하니까 뭐 좋은 일 없나 하고
들어오는 거겠지
너나 할 것 없이

벌써
건너편 인력사무소 간판이 환하다

제4부

목요일 종소리

출입구는 두 개다
점심 먹고 식곤증에 시달리며
꾸벅꾸벅 졸기도 한다

일주일 중에 목요일이 가장 힘들다
가끔 헛기침으로 큰 소리를 내어 보기도 한다
그럴 즈음
띵동, 종을 울리면서 출입문을 들어서는
반가운 손님들
1, 2학년 병아리들이 몰려와
연신 종을 쳐댄다
나도 종처럼 머리를 흔들며 정신을 차린다
병아리들이 고맙다

그 다음은 중병아리들
이어서 복 닭들
그리고 벼슬 붉은 닭들이
차례로 나를 깨운다

내 심신을 두드리는 목요일 종소리
그 힘으로 목요일을 건넌다

바코드 2

한 청년이 헐레벌떡 문을 박차고 들어온다
두리번거리며
“여기는 셔츠 같은 건 안 파시나요?” 한다
“옆 도깨비마트에 있을지 모르겠는데
우린 그런 거 없어요” 대답과 함께
아홉 시에 문을 연다고 덧붙였다
망연자실한 그는 두리번거리다가 문득
안쪽 탈의실에 걸려있는
저 와이셔츠 얼마에 줄 수 있냐며
자기가 먼저 흥분하여 흥정을 한다
만 오천 원을 주겠다며 카드를 내민다
주겠다는 돈도 터무니없지만 바코드 없는
내 중고 와이셔츠를 어떻게 카드로 긁는단 말인가
하도 딱해 보여 그냥 주려 했지만
행동거지가 이건 아니다 싶은 찰나
그는 담배 세 갑을 사서 던져놓고
막무가내로 돌아선다

“갑자기 면접 보러 오라는 연락이 왔어요”

엊저녁까지 연락이 없어 허탈감에 빠진 채
밤늦도록 술을 마셨는데 새벽에 띠리릭,
문자를 받았고, 집에 못 들어간 거다

한겨울 얼떨결에 나는
반팔 와이셔츠를 담배와 바꿔먹었다
면접관은 그 사람 바코드를 제대로 찍었을까

멈춰버린 시간

몸으로 말하는 남자가 있다
언제나 캐주얼웨어에 밤색 운동화

출근길에
담배 디스플러스 한 갑
애플파이 한 개
칸타타 아메리카노 한 캔

사십 중반의 남자
수개월이 지난 지금도
그는 고개만 끄덕할 뿐 말이 없다
말이 필요할 땐 모기소리를 낸다
나도 여태껏 아무것도 물어본 적 없다
대답해줄 것 같지 않아서일지 모른다

그의 퇴근 시간은 깜깜하다
언젠가 밤 열한 시쯤
아침과 똑같은 포즈로 가방을 지고
별빛 따라

걸어오는 걸 보았을 뿐,

가방이 약간 왼쪽으로 기울었지만
걸음걸이는 일정했다
무얼 말하지 않고 표정이 없어도
구겨지지 않은 자세와 얼굴
듬직해 보인다

침묵의 꽃아 더 피어라
내 친절한 아침은 기다린다

조용한 오후

공부를 위해 알바를 그만둔
수민과 다운에게 시집을 선물했다

잠시 두 사람만으로도 편의점이 바뀌어
고요의 공간
도서관이 되었다

난 마음속으로 고3이 되는 그들에게 기도했다
잠깐이나마 그들 가슴에
어릴 적 동요 한 구절이
새순처럼 자라나기를
맑고 예쁜 세상이
마음 한 구석에 둥지를 틀길

꿈틀대는 분홍아
꽃은 핀단다

좀비

매운 라면을 먹었더니
입술부터 얼얼했어
가끔 치즈불닭라면을 먹고 나면
오히려 속이 개운해진다고 말하던
네가 생각나더군

“매울 땐 쿨피스가 최고야” 하던 너
나도 쿨피스 마시고
입술부터 진정시켜보았어
그럴듯하더군

근데 말야
어느 순간
또다시 매운 걸 먹고 싶은 욕구나 충동
이건 또 뭘까

화끈하고 매워야 풀리는 이 내 속
내일이면 좀비가 되어
누군가를 뜯어먹을 것 같은

립크로즈를 바르면 얼얼한 입술이
괜찮을 것 같은

모든 걸 용서할 것 같은

입춘

겨울과 여름이 늘 공존하는 가게

관광버스를 도로가에 세우고
둔부를 내놓고 볼 일 보는
아줌마의 마음처럼
불안한 절기인 오늘

내 앞에는
전기스토브가 빨갛게 열을 내고
스토브 엉덩이 한쪽으로는
아이스커피가 진열되어 있다

요즘 낮과 밤의 기온차가
십 도 이상이다
냉장 쿨러에 들어갈 때는 겨울 점퍼
카운터에 있을 때는 반팔 차림

가게는 언제나 환절통을 앓는다

삑콤

새벽 5시의 전화
헐레벌떡이다

쎄콤을 삑콤이라 말하는
순수 그 자체로 살아오면서
조그만 회사의 중책까지 맡게 된 사람
지금도 작업복 차림으로
쉴 새 없이 일하면서
아랫사람의 가려운 부분을 잘 긁어주는 사람
아버지처럼 몸에 밴 습관이다
거기엔 갑질이란 없다
배움은 적지만
하늘과 땅의 이치를 안다
배고파 본 사람이 배고픔을 챙길 줄 안다

공장엘 가보니
지붕 틈새로 날아든 새끼 새가
무언가를 건드려 삑콤이 울었단다
바닥에 떨어진 새는

오돌오돌 떨고 있더란다

24시 공장
24시 편의점
어쩌면 모두
불공평한 운명을 지고 가는
이런 사람들 땜에 세상이 돌아간다

겨울밤

내 유일한 운동은

왕복 4차선 도로 건너

풀숲까지 뛰어가

연방 뒤돌아보다가 오줌을 누다가

잽싸게 달려오는 일이다

타성

회색빛
마음 안에서는 새가 날 수 없어
낡은 생각으로 그을린
흐릿한 불빛으로 가득 차 있는 지금
매너리즘으로 굳어진
마음속 돌은 부서뜨려야 해
태풍 언저리
문을 여는 바람에게도
문이 열리는 대로
수없이 인사를 해야 해

그게
네 임무잖아

밤하늘을 보다

자정 넘어
밖으로 나가니 까만 하늘만 보였다
거리 간판과 가로등 불빛에 타버린
하늘에는 별이 없다
가만가만 오래도록 하늘을 보았다

아니다
아침부터 나뭇가지에
새끼 새들이 총총 앉아 있었기 때문이다
꼬물거리던 연둣빛 날개가
불쑥불쑥 커져
어둠을 들어앉힌 것이다

난 반짝거리는 새들 눈동자에
깜짝 놀란 채
한동안
멍하니 서 있었다
비로소 마음속에 하나 둘
별이 뜨고 있었다

가뭄

꽃으로
만날 시간이 없더라고
만나자마자 물기가 싸악 빠져
꽃 너머로 사라지더라고

이 오이 좀 봐
가늘게 가시만 오톨도톨 돋치고
통통해지질 않잖아
꽃만 하얗게 피었다 지고 말았어

그걸 보여주려고
사진을 찍었던 거야
그래 물만 있으면 돼
시간이 없어

물병을 들고 주머니에서 꺼내준 지폐
축축하게 젖어 접힌 반쪽이 펴지질 않는다
땀에 절은 몸을 끌고
오이 하우스로 들어가는 정씨
모터 펌프 스위치를 올린다

꾼

윷놀이를 하면서
전라도 깍쟁이는
윷이 떨어지는 순간 하나를 뒤집어 놓으며
이긴다
꾼이다

건설현장 소장으로 일하는 옆집 경상도 김씨는
노임을 줄 때
성냥을 통째로 부어놓고 계산을 한다
초등학교도 못나온 그는 정확했다
지금껏 한 번도 틀린 적 없다
진짜 꾼이다

아랫동네 소장수 충청도 박씨는
이 마을 저 마을 다니며 소를 흥정해
장날 읍내 쇠전다리에 내다 팔고는
소 주인에게 꼭 얼마간의 돈을 떨어뜨리고 준다
우리가 못이기는 척 이해할 수밖에 없는 꾼이다

편의점에도 꾼이 있다

간혹, 장난이든 진심이든
물건을 훔쳐가는 좀도둑 꾼들
삼삼오오 몰려다니며 바람잡이 뒤로
점퍼나 주머니가 불룩해져서 먼저 나가는
파렴치범이 있다
마음만 먹으면
CCTV에 다 걸리고 말겠지만
시간도 없고 심증만 있을 뿐
모른 체 눈감는 우리가 정말 꾼이다

1분

잠깐
가게 문을 잠그고 화장실엘 간다
서른 보를 왕복해야 하는 거리
그동안
문을 열어놓은 채
뛰어가고 뛰어오며
얼마나 많이 종종걸음쳤던가
그토록 마음 졸인 시간들
누굴 위해서였나
오늘부터
문을 잠그고
천천히 걸어가고 걸어오기로 마음먹고
실행에 옮겼다
여태껏
쪼그라들었던 몸과 마음이
조금씩 풀리고 느긋해진다
그렇게 길고 긴
1분의 역사여!

11월 안개

오늘따라 유난히 손님이 없다
춥다
알바는 자세를 마음대로 고쳐 앉으며
킥킥거리고 통화를 한다
뉴스를 보던 주인은 안절부절 못하고
괜히 밖으로 나가
연신 담배에 불을 붙인다

등굣길
그 많던 학생들마저도 오늘은 그냥 지나친다
커피는 이미 식어버렸다
한 달 후면 최저임금이 또 오른다
시간당 8,350원에 주휴수당까지

아침안개가 더 짙게 깔린다
미세먼지까지 극성이다
비상깜빡이를 켠 차들이 질주한다
햇살은 정오가 지나도록
안개를 뚫고 나오지 못한다

비워둔 선반 위에
먼지가 쌓이기 시작한다
내버려둔 내 머리에도
먼지가 쌓이고 있다
먼지를 털고 밖으로 나가려 해도
안개로 더러움은 보이질 않고

제5부

순리

시월이 되자 편의점에 찐빵찜기를 설치했어
섭씨 75도를 유지하며 찐빵과 만두는
말랑말랑 익어갔지
저 뜨거운 속살 냄새
한 계절 누군가를
따뜻하게 덥혀줄 수 있겠다 싶어
괜스레 혼자 기뻤어

삼 일째 되는 날 새벽 두 시경
삐이익, 고막을 찢는 경고음과 함께
표시판에 'ERROR4'라는 글자가 깜빡였어
당황하다 전원스위치를 껐지
소리는 멈췄지만 기다리던 손님 넷이나
궁시렁궁시렁 발길을 돌렸어
덥혀주기는커녕 더 춥게 만든 거야

그러다 탁, 무릎을 치는 순간이 왔어
대청마루에서
밀가루가 달라붙지 않도록 물그릇에 손을 적셔가며

만두를 빚던 어머니가 생각난 거야
모든 건 지혜가 달린 손끝에 있었어

'ERROR4'는 '물부족' 이었어
다가온 사랑을 돌아서게 만들기도 하는 물
무럭무럭 자란 수증기가 솥뚜껑을 들이받을 때
들썩들썩 숨죽이던 만두
적당한 물기가 있어야 순리대로
빚어지고 익어가는 것을

그녀의 웃음

긴 머리에 예쁜 점박이 아가씨
웃음을 잃어버렸다
잠도 잃어버렸다
새벽에 한 번
이른 아침에 한 번
육 개월 동안
하루 두 번 이상 편의점에 들르지만
지금껏
웃음기조차 보인 적 없다
이십대 중반의 그녀
언제쯤
웃는 모습을 볼 수 있을까
그녀가 웃는 날
은하 저 편
새벽별도 반짝반짝 환호하며 웃을 텐데

세상 웃는 얼굴보다 더 예쁜 꽃은 없어

매일 밤 손톱을 가는 남자

당신은 야간 근무자
시간 날 때마다 손톱을 간다

손톱을 자르거나 다듬는 건
밤을 피해야 한다고
자른 조각이나 부스러기는
잿간이나 지붕 위로 던져야 한다고
머리카락이나 손발톱은 죽어서도 썩지 않는
조상으로부터 물려받은 유산이라고

누차 당부하시던
할머니 말씀 생각난다

당신은 매일 밤 흥얼거리며
쌓인 피로와 닫힌 지복을 노래한다
우쿨렐레 작은 현을 튕기기 위해
밤마다 당신은

밤을 깎고
무료한 시간을 간다

취객

술 취한 이들은 어째서
편의점에 들어와 막무가내로
차를 불러달라고 할까?
편의점이기 때문일까
술집으로 착각하는 걸까

그들은 대부분 처음 보는 얼굴이다
처음 몇 번은 콜을 해주었지만
때로는 당연하다는 듯 말 한마디 없이
제멋대로 사라져
괜스레 욕먹는 일도 많다

그래서 이제는 거절한다
정중한 거절 앞에 욕하는 사내도 있다
휴대전화를 빌려주었다가 난데없이
전화가 걸려와 욕을 먹기도 한다
미친놈들
한번쯤 엊저녁 기억을 더듬어보기나 하는지

주검들

문을 열면 풀 비린내가 난다
날마다 테라스 틈바구니로 들어앉는 주검들
더 이상 농사를 짓지 못하는 노모의 풀밭이 썩을 때도
이런 비린 냄새가 시퍼렇게 났다
통유리 출입문 아래 밤마다 떨어지는 미물들
아침이면 문 앞에 한 무더기씩 쌓인다
쓸어낼 때마다 한 번에 한 움큼이다
강으로 바다로 나가보면 별이 되어 사는
그들만의 무덤 산이 있을 거야
불빛 중에서도 하얀 불빛을 좇는
해가 중천인 아침까지 버둥거리는 놈들이 있다
끝까지 살아 보자 한다
문을 닫아 놓아도 어디선가 자꾸 나타나는 파리처럼
밤새 한 움큼의 주검들이 쌓인다
유인포충등 에어커튼도 소용없다
불빛 창문을 기어오르다 미끄러져 떨어진
하루살이 무덤
유리를 통과하는 불빛을 좇아 창문에 달라붙었다가
어느새 안으로 들어와 곳곳에 진을 친다

하루를 살더라도
죽기 살기로 달려드는

고마운 미소

오늘도 혼자다
까무잡잡한 얼굴에 주근깨와 여드름투성이
시쳇말로 참 개성적으로 생긴
초등학교 오학년 아이
하루 한 번씩 말 한마디 섞지 않고
삼 개월을 지나왔다
어서 와요, 얼마예요, 잘 가요
같은 말만 반복했다
오늘도 혼자 들어와 마이쮸 하나를 산다
"학원 갔다 오는 거야?"
내 평생 최대한 부드럽고 따뜻한 어조로
말을 건넸다
"네"
가슴을 뚫고 터져 나온 한 마디
들릴 듯 말 듯 대답하면서
미소 짓는다
사랑스럽다

달빛 편의점

신장개업 했어요
당신이 문을 열고 들어오는 순간
푸른 달빛의 시간이 찰랑거려요
7시에서 11시 사이

우르르 우르르
태풍처럼 몰려오는 달빛
달빛이 쏟아져 들어와요
별안간 당신 얼굴은 환해지고
창가에 걸터앉았던 근심이 사라져요
너도나도 덩달아 달무리를 이루어요

흐리거나 비오는 날
잠깐, 구름 뒤에 숨어 일그러지기도 해요
하지만 그건 누구에게나 있는 일
다시, 구름 밖으로 얼굴을 내밀면
금세 사방이 둥글어지고 환해져요

여기는
당신의 웃음소리가 사는 우주

꿀알바

해도 안 해도
별 표시가 나지 않는
난 그런 일터에서 일한다
와이파이가 되면
데이터 소모도 없다
비밀번호를 알아내어
가고 싶은 곳
사고 싶은 것
관심 있는 기사를 찾아 돌아다니다 보면
어느새 시간도 훌쩍 건너뛰어 있다
특히 오전근무가 그렇다
내가 직접 뛰어보니 알겠다
솔바람 언덕에서 기다려도
누구도 오지 않는 한가한 시간
어떤 일도 마찬가지다
내가 하지 않으면
다른 사람이 져야 하는 짐들이다

환한 떡 맛

키 크고 날씬하고 이목구비가 뚜렷해
눈길이 가는 아주머니 한 분
들어오면서부터 싱글벙글이다
나도 저절로 기분이 좋아진다

부리나케 보리음료와 우유를 가져오더니
가방을 열고 주머니를 뒤지고
허둥대면서 혼잣말을 중얼거린다

"아이고, 재밌어
우리 딸이 방금 전화했는데 임신했대요, 글쎄"

그러다 또 서둘러
밖으로 나갔다 오더니
시루떡 한 조각을 건넨다

"밖에 계신 시어머니께서
떡 한 조각이라도 나눠먹어야 하는 거라며
갖다 드리래요"

기다리던 옆 손님이 빙그레 웃는다
꽤 많은 수다만큼 오랫동안 기다려준
그 손님이 고맙다
나도 그 손님과 떡 한 점 갈라 먹었다
사람 사는 맛이다

새 생명을 기뻐하며
세상 환하도록 정을 나눠준 아주머니
"축하드려요!"

코끼리 다리

밤새 높은 쿠션에 다리를 올리고
간신히 잠들었다
잠깐 눈 붙였는데
어느새 움직여야 하는 시간
몸이 천근만근이다

계약기간 동안은 숙명인
24시간 가게를 지키는 일
알바를 써서는 택도 없다
하루 15시간 이상 서 있어도
겨우 죽지 않을 만큼 번다

오늘도
물배를 채우고 잠이 든다
몸은 점점 무거워지고
다리는 뚱뚱 붓는다
주무르면 아프지만 아파서 주무르다
버둥거리며 일터로 간다

다이어트 1

가볍게 한 끼를 때운다
오늘 또 양식이다

햄버거 한 개 컵라면 한 개
라면에 들어갈 모짜렐라 치즈 한 조각

그리고 그 옆에
달달한 커피 한 잔

내일은 몇 밀리미터나 더
뱃살이 자라나 있을까

별세계

역대 급
연일 계속되는 폭염이다

만나는 사람마다
"아이고, 왜 이렇게 더워" 하다가
편의점 문을 열고 들어오면
말이 180도 바뀐다
"아, 시원해 여기가 천국이네"
남들 다 가는 피서 한 번 못 가고
끙끙 앓으면서도 나는 웃으며 대답한다
"맞아요, 굳이 피서 갈 이유가 없어요"

편의점엔 기본적으로 에어컨에
크고 작은 냉장고가 일곱 개 이상이다
예전엔 은행이 최고였지만 지금은 다르다
근무자에겐 또 다른 무엇이 있다
늘 마음 한 구석에 도사리고 있는 것
벗어나고 싶은 병

빈 차일 때

더운데도 창문을 열고 운전하는
택시기사님 심정 같은 게 있다

매미

밤새 일하고
길을 나서는데
퇴색한 가로수에 몸을 숨기고
매미가 운다
왜 왜 왜 왜앵
왜 왜 와아~ 왜앵

오늘도 덥겠다고
오늘도 땡볕이라고
얼른 가서 잠들라며
단풍나무로 날아가
붉은 울음을 갈긴다

작열하는 슬픔
파고드는 환희

품팔이

입맛 좋을 때 많이 먹어야 해
늙어서는 입맛이 없어
예부터
양반은 한 움큼씩 먹고
서민들은 일하려면 많이 먹어야 해
천석꾼, 만석꾼은 앉아서
일이나 시키고 먹여주기나 하면 되었지
그것도 잘 먹여주기나 하나
그러니까
부자가 더 부자가 되는 거야
그저 우린
일해주고 밥 품팔이나 했던 거야
감자 품팔이
그땐 먹고 사는 게 다였으니까

포도밭 할아버지 말씀에
옛날 일들이 송알송알 달려 나왔다

내 눈동자는 말을 쏟아내는 할아버지 입으로

손에 쥔 밥숟가락은 때를 놓친 내 입 속으로
습관처럼 달려가고 있었다

위기 아닌 위기

카드결제가 75퍼센트를 넘는다
뭐 상관없다
플라스틱이든 휴대전화에 내장됐든
블록체인까지도
이미 익숙해진 세상이니까

사라지는 게 두려운 건 아니다
시대의 강물은 흐르는 법이니까
아직은 과도기
현금과 카드가 반반 뒤섞여 돌아갈 때가
호황이었다

번거롭기도 하고
동전은 이미 점점 쓸 데가 없어지고 있다
사람도 잘난 사람 못난 사람 뒤엉켜
시끌벅적해야 사람 사는 맛이 난다
카드와 현금도 마찬가지다

현금이 없어 카드를 내미는 경우가 문제다

사후 결제 카드

디스플러스 한 갑 사고 카드를 꼽는다
밀고 나가는 문 뒤로
핸드폰 알림음이 울린다
경고음 꼬리가 길다

■

해설

한 권으로 압축된 세상, 내재된 결핍

마경덕

시인은 빈 나뭇가지가 지닌 봄의 용량(容量)을 달아보는 사람이다. 예측할 수 없는 너머까지 팔을 뻗어 가상의 잎잎을 만져보고 빈가지가 피워낼 꽃의 무게와 초행길에 나설 연두의 "설레는 호흡"까지 기록한다. 누군가는 해야 할, 그 작업으로 시인은 자신의 존재를 증명한다. 시 쓰기는 아직 오지 않은 일들, 또는 오래전에 사라진 흔적을 찾아내어 "잠재적 관계"를 확인하는 일이다. 사막에서 발견한 소금으로 죽은 바다의 실체를 만날 수 있듯이 층층이 쌓인 시간의 겹을 탐색하는 일이다. 수수만년의 시간을 품은 주름진 퇴적암에서 보지 못한 세계를 발견하듯 한때 존재했던 것들의 의미를 분석해낸다. 말과 침묵사이에서, 무관한 것들이라 믿었던 것들에서 "뜻밖의 것들"을 찾아내어 현재와 연관된 "상호관계를 증명하는" 것이다.

예술을 경험한다는 것은 "전망 좋은 방에 들어서는 일과 같다"고 한다. 아득히 먼 곳, 보이지 않는 그 너머까지 유추할 수 있기 때문이 아닐까. "논리적 언어로 요약되는 것을 거부함으로써 스스로 시적 언어가 된다"는 말도 있다. 비어있음으로 더 많은 것을 채울 수 있듯이 상상력으로 구성된 내러티브는 다양한 이미지로 이질적인 이미지까지 채굴해낸다. 음악을 좋아했던 추상화가 '칸딘스키'는 '바그너'의 '로엔그린'을 감상한 후 "나는 내 영혼에서 갖가지 색을 보았다. 내 눈앞에 색이 있었다. 그리고 거친 선들이, 거의 미친 듯한 선들이 내 앞에 펼쳐졌다."라고 고백했다. 뜨거운 감성과 에너지로 강렬하게 다가온 음악의 감흥은 캔버스에 추상적으로 펼쳐졌다. 육안으로 구별되는 대상보다는 캔버스를 자유롭게 뛰노는 화려한 색채를 통해 내면적인 감흥, 정신적인 세계를 표현하려는 것이 진정한 의도였다고 한다.

시인 역시 일상의 틈에서 마주친 사소한 일을 수집하고 출력하여 그 내면에 존재하는 선명한 파동을 기록한다. 각각의 이미지들을 하나의 공간에 배치하고 다양한 주제를 도출해낸다. 시인은 "언어의 도취를 위해 시를 쓰지 않고 그 언어의 도취를 깨우기 위해" 시를 쓴다고 한다. 하여 타락한 세계 그 자체에 대한 싸움이 아니라 그 세계를 지탱하는 "타락한 언어에 대한 싸움"이라는 것이다. 프랑스 철학자인 '데카르트'는 모든 것을 의심하여 신뢰할 수 있는 지식에 도달하려고 하였다. 의심하고 의심하여 의심할 수 없는 것에 도달하는 '방법적 회의'가 모든 학문의 시작이라고 믿었던 데카르트처럼 시인도 숱한 질문으로 보이지 않는 존재에게 다가가 굳게 닫힌 인식을 열어놓는다. 일련의 과정을 거친 시인의 호기심은 한계를 뛰어넘어 시라는 "구체적 결정

체"로 태어난다. 마치 바닷물에 녹아있던 염분이 염전을 거쳐 소금으로 드러나듯이.

이정오 시인이 세상과 만나는 방법은 어떤 것일까. 시집 『층층나무편의점』은 특별한 공간에서 벌어지는 이야기를 포착해낸다. 편의점이라는 제한된 공간에서 발견되는 일상의 표정과 일정한 거리를 유지해야만 하는 "고객과의 관계"를 그려낸 이 시집은 한 권으로 압축된 작은 세상이다. 시집 『층층나무편의점』에서 지속적으로 등장하는 모티프는 편의점을 중심으로 벌어지는 "사람과 사람의 관계"이다. 시인은 그 안에서 마주치는 삶의 모습을 여러 대상을 통해 보여주고 있다. 아래 예시 「잠잠히」에서도 주변에 산재한 갈등을 다루고 있다.

세상이 그네를 탄다
잠을 자고 싶다
나는 생체리듬이 엉켜버린 심각한 가로수
잠을 자고 싶다
낮은 잠속에서도 불규칙하게 흔들린다
제대로 된 잠을 자고 싶다
꿈을 꾸고 싶다
검은 구름도 석양에 물들면 아름다워진다
검은 밤과 뒹굴며 잠을 자고 싶다
언제쯤 잠잠해지는 시간이 찾아올까
혼돈의 시간
촛불시위가 무르익던 날에도
나는 느티나무 야간근무자
잠을 자고 싶다

잠잠히

-「잠잠히」 전문

인간은 일생의 3분의 1을 잠으로 보낸다고 한다. 피로가 누적된 뇌의 활동을 주기적으로 회복하는 생리적인 의식상실 상태가 수면이다. 그런 만큼 수면은 인체에 절대적 영향을 미친다. 그네처럼 출렁거리는 잠은 생체리듬이 엉켜버린 불안한 잠이다. 짬짬이 낮잠이 다녀가지만 그 역시 불규칙한 잠이다. "꿈을 꾸고 싶다/ 검은 구름도 석양에 물들면 아름다워진다/ 검은 밤과 뒹굴며 잠을 자고 싶다"(「잠잠히」 부분)에서 알 수 있듯이 '잠'이란 욕구가 욕망이라는 적극적 자세로 바뀌고 있음을 볼 수 있다. "부족을 느껴 무엇을 가지거나 누리고자 탐하는" 것은 욕망이고 "무엇을 얻거나 무슨 일을 하고자 바라는" 일은 욕구이다. 탐하는 것은 "어떤 것을 차지하고 싶어 욕심을 내는" 것이고 바라는 것은 "생각대로 어떤 일이나 상태가 이루어지거나 그렇게 되었으면" 하는 것이어서 '라캉'이나 '들뢰즈'도 '욕망'을 '욕구'보다 더 높은 개념으로 간주하였다. "욕망과 욕구"의 공통점은 결핍일 것이다. 편리함을 개념으로 도입된 소형 소매 점포 편의점은 식료품과 일용잡화 등을 취급하며 연중무휴 24시간 영업을 한다. 그런 특성으로 야간에도 불을 밝히고 손님을 기다린다. 불빛 때문에 잠을 설치는 도시의 느티나무와 다를 게 없다. 사람이 만든 "질서 아닌 질서"에 배치된 사물들도 삶이라는 범주 안에서 갈등을 겪는다. 노출된 공간에 놓인 오브제들은 잠잠히 있지 못하고 소란하게 흔들린다. 불면은 주변의 환경과 긴밀한 내적 연관성을 지니고 혼란스러운 시대는 시인의 의지와는 무관하게 흘

러간다. 밑바탕을 이룬 각각의 대상들이 주체와 대상 사이에서 출렁이며 분열한다. 밑그림을 이룬 것들은 부족한 것들을 채우지 못한 결핍으로 얼룩진 삶의 풍경들이다. "존재의 진리를 나타내는 언어가 본질적 언어이며 그것은 대화적 형식을 통해 가능하다' 고 '하이데거' 가 말했듯이 시는 시인의 감정의 서술이 아니고 독자의 감정을 획득하는 것이라고 한다. 시인은 편의점이라는 특정 장소에서 마주치는 숱한 타자들과 소통하며 살아간다.

투명해진다
아파트 담장에 부딪쳐 돌아오는 가냘픈 뻐꾸기 울음
고요는 깨지고
어머니께 가지 못하는 그리움의 통점이
새벽 4시에 멎는다

이 시간
요양원에 계신 어머니 닮은 할머니 한 분
어디를 가시는 걸까
베지밀 한 병 사려고 허리춤에서 꺼내는
돌돌말린 비닐지갑
지갑을 풀자 습기 찬 비닐 속에서
녹슨 동전의 울음보가 터진다

전깃줄에 앉아 울던 뻐꾸기가
내 분주한 일상의 핑계를 물고 날아간다
어머니의 새벽을 깨울까 염려되어
나는 할머니께 공손히 인사하고
뻐꾸기 비행방향과 등지고 앉는다

뻐꾸기 울음은 더 이상 들리지 않았다
날갯짓에 창밖 층층나무 꽃만 후드득 떨어져
환한 꽃길이 되었다

-「층층나무 꽃」 전문

뻐꾸기는 남의 둥지에 탁란을 하는 새이다. 시인 역시 병든 노모를 모시지 못하고 요양원에 맡겨두었다. 이때, 뻐꾸기의 울음은 시인의 "내면적 상태"로 이어지고 마음의 기저선(基底線)이 무너진다. 문득, 정면으로 마주친 뒤편의 모습에 아득해질 때가 있다. 그럴 듯한 핑계로 미뤄둔 숙제 같은 것들이 심연의 지류를 흐르며 불쑥 파문을 일으키는 것이다. '라캉'은 어떤 사물이 부재할 때 사용되는 상징의 개념을 "부재로 만들어진 현존"이라고 정의하였다. 상징적 질서 속에서 "부재와 현존"은 서로를 함축하고 있으므로, 부재는 적어도 현존과 동등한 "존재의 값"을 가진다는 것이다.

새벽 4시의 편의점, 노모를 닮은 노인이 베지밀 한 병 사려고 허리춤에서 꺼낸 돌돌말린 비닐지갑에서 녹슨 동전의 울음보가 터질 때 시인은 잠시 잊고 있던 노모의 빈자리를 떠올린다. "현존과 부재의 사이"를 오가는 뻐꾸기와 동전의 울음은 외로운 어머니의 울음이고 분주한 일상으로 자주 찾아뵙지 못한 아들의 울음이기도 하다. 요양원 병상에 누운 어머니의 새벽과 편의점에서 밤을 지샌 아들의 고단한 새벽은 같은 질량이다. 시인은 내면적인 반성을 통하여 자신을 들여다보고 뻐꾸기 비행방향과 등지고 앉는다. 이때 등진다는 것은 "외면함이 아닌 면목 없음이고 미안함"이다. 어느 날, 삶에 뛰어든 "격렬한 흔들림"에 거리를 둔

중립적 관점(中立的觀點)은 삶을 살아내는 하나의 방식일 것이다. 「층층나무 꽃」은 일상에 균열을 일으킨 암묵적인 슬픔을 통해 자신을 발견하고 "현실을 환기시키려는" 의지가 엿보이는 작품이다.

추가된 경고 문구는 이렇다

심장질환 폐암 뇌졸중의 원인
구강암 후두암의 원인
발기부전의 원인
유산과 기형아 출산의 원인
흡연으로 당신의 아이를 홀로 남겨두시겠습니까
연기에 들어있는 발암성 물질 종류

작년 11월부터 담뱃갑에
사진이 인쇄되어 나온다
그렇지만 정작
그걸 사진이라 말하는 사람은 아무도 없다
사람들은 모두가 그림이라 부른다

사진은 진실된 실체
그림은 전달하고 싶은 이의 마음
흡연가 애연가들은
상상초월 믿고 싶지 않은 미래에 닿는다
무의식 속 불감증이 자란다

-「사진」 전문

흡연은 일종의 습관성 중독이다. 심리적 의존증이 있어 감정적

불편을 해소한다는 이유로 지속적인 흡연으로 이어지고 니코틴 중독이라는 내성이 생겨 점차 흡연의 양은 늘어난다. 경고문에도 어쩔 수 없이 금연을 하지 못하는 애연가들에게 정부는 극약처방으로 실제 사진을 첨부했다. 그러나 사람들은 미래의 자신을 보는 것 같아 사진을 그림으로 부른다. 현실을 부정하고 외면하고 싶은 것이다. 대부분 사람들은 예기치 못한 불행을 만나면 흔히 하는 말이 있다. TV속에서나 만날 일이고 남에게만 일어날 일인 줄 알았다는 것이다. 불행은 자신을 비껴갈 줄 믿었다는 것인데 이 확신은 어디에서부터 온 것일까.

1930년대의 '프레드릭 찰스 바틀렛' 을 중심으로 기억 및 사고 연구에서 기억이란 수동적 재생 과정이 아니라 능동적 구성 및 재구성 과정임을 기억 실험을 통해 보여주었다. 어떤 이야기를 들을 때 사람들은 들려오는 정보를 정신구조, 즉 도식(schema)으로 바꾸고 약호화한다는 것이다. 들었던 이야기를 회상해낼 때, 도식은 해독되어 기억된 판(version)으로 다시 바뀐다고 하니, 애연가들에게는 죽음이라는 경고는 자신과는 무관한 타인의 이야기쯤으로 왜곡되지 않았을까. 실체를 외면하는 무의식 속에는 불감증이 자라고 있다. 현실과 비현실의 거리는 얼마나 될까. "생의 사각지대"에 노출된 흡연자들, 폐부 깊숙이 침투한 니코틴을 제어할 힘이 없다. 매번 금연에 실패한 학습된 무기력이 선택의 여지를 주지 않는다. 이정오 시인은 관찰자의 시선으로 상황에 개입하고 편의점은 현실을 바라보는 "사회적 시선"과 밀접하게 이어진다. 「사진」은 만연한 사회적 현상을 조명하고 있다.

사람도 물건도 다 입을 꾹 다물고 있었다

텔레비전까지 꺼져 있었다
아이는 창밖 구름에 갇힌 석양을 보고
한가위 달빛이 크고 환하다 했다
불을 켰다
침묵하던 사물들이 모두 사라졌다
그나마 창가를 흐르던 달빛이 자리를 고쳐 앉아
서럽게 굽은 등을 조금 내밀었다
어딘가 즐거운 웃음과 말들이 돌아다닐 것 같아
길을 나섰다 배가 고팠다
한참을 걷다 편의점이 보여 들렀다
라면에 끓는 물을 부어 오래 두어도 좀처럼
구부러진 면발은 펴지지 않았다
면발이 풀어질 때까지
탁자 위에 수차례 그림을 그렸다 지우곤 했다
동이 트기 무섭게
논으로 향하던 아버지의 뒷모습이 보이고
가지런히 걸린 헛간 농기구 옆 돼지우리에서는
여러 마리 새끼들이 이미 꿀렁꿀렁해진
어미 배를 자꾸 들이받고 있었다
그렇게 날이 밝아오는 새벽까지
편의점 구석을 차지하고 말았다
은빛 제트기가 긴 여운을 남기며 폭음을 쏟고
고향 쪽으로 날아갔다
감나무 가지를 날아다니는 까치가 꽁지를 씰룩거리며
짖어대고 있었다
희뿌연 안개가 조금씩 걷히고 있었다

-「어떤 추석」 전문

날마다 되풀이되는 평범한 일상과 마주치며 시인이 기록한 날

낱의 풍경 속에는 현대사회가 대면한 가난한 사람들의 이야기가 스냅사진처럼 선명하게 찍혀있다. 귀향하지 못한 추석 날, 사람도 물건도 입을 꾹 다물었다. 즐거운 명절이지만 특별할 것 없는 일상이다. 불을 켜니 침묵하던 사물들이 모두 사라졌다. 그 사물 중에는 고향의 보름달과 단물 든 풋대추와 햅쌀로 빚은 송편도 있었을 것이다. 불을 켜는 순간, 현실은 다가온다. 어딘가 즐거운 웃음과 말들이 돌아다닐 것 같아 집을 나서지만 날마다 소란하던 도시는 어딘가로 다 빠져나가고 문 닫힌 가게가 즐비하다. 갈 곳은 편의점뿐이다. 시인은 구부러진 면발을 통해 도시의 "핍진한 삶"을 보여준다. 면발이 풀어지듯 형편이 풀릴 날은 언제쯤일까. 동이 트면 논으로 향하던 아버지의 뒷모습을 바라보며 날이 밝아오는 새벽까지 편의점 구석을 차지한 시인의 모습에 "생계라는 벽"에 둘러싸인 가장의 쓸쓸함이 배어있다. 인간의 심리에는 의식적 영역과 의식화되지 않은 미지의 무의식적 영역이 존재한다. 의식역(意識閾)을 벗어난 무의식은 소멸해 버리는 것이 아니라 의식하(意識下)에서 의식이 되도록 대기 중이라고 한다. 고향에서 보낸 즐거움은 오랫동안 기억 속에 잠재해 있었다. 시인은 "삶의 과녁을 통과"하며 크고 작은 "생의 파동"을 받아 적는다. 감지한 삶의 본질을 고스란히 "현실로 불러내며" 세상과 "대면하며 얻은 깨달음"으로 단단한 시의 골격을 세운다. 이정오 시인의 특장점은 들뜨지도 과장되지도 않은 어조로 치밀하게 보여주는 진솔함이다. 노자는 "사람들은 진흙을 빚어 꽃항아리를 만든다. 그러나 실제로 쓰이는 부분은 꽃항아리 속의 비어있는 부분이다."라고 하였다. "무엇을 더 많이 보여줄 것인가"보다는 "무엇을 어떻게 보여줄 것인가"가 더 중요할 것이다. 시가 지닌 또 하나의 가치는 우리의 "반성적 사유"를 자극한다는 것이다. 마주한 소소한 풍경을 통해 삶의 본질을 보여주는 시인은 일상에서 일어나는 심리적 파장을 섬세하게 그려내며 "삶의 균형"을 꿈꾼다.

옆 가게는 강아지 카페다
그 사장님은
열심히 일한 흔적을 지우려고
일주일에 한 번씩 찜질방에 간다

"이것 봐라 이것 봐"
손등을 펴 보이며 하는 목소리
창피해서 다른 사람과 악수를 할 수 없다고
볼멘소리를 한다
개 고양이에게 수없이 할퀸 자국

예쁘다 예뻐

지금껏 나도 그래왔듯
거칠어진 손
선뜻 다른 사람에게 내밀지 못하는
저 심정을 안다

매일 저녁
이태리타월로 문지르고
핸드크림을 발라도 소용없는
노동의 슬픔

그 허기여 아름다움이여

-「손」 전문

서정시는 이야기 내용이나 원리원칙을 의미하는 교설적인 측면을 제한하여 이야기 속에서 보편성을 획득해야 한다. 「손」은 내면적 상처를 드러내어 보편적 의미를 부여하고 있다. 이태리타월로 문지르고 핸드크림을 발라도 소용없는 손의 상처는 노동의 흔적이다. 이정오 시인은 그 상처가 우리의 현실과 어떠한 관계를 맺고 있는지를 구체적으로 보여주고 있다. 애견카페 주인의 심정을 안다는 시인의 손도 그와 같으리라. 힘든 노동으로 인해 거칠어진 손은 부끄럽지 않은 예쁜 손이지만 그 손에는 슬픔이 있다고 한다. 시는 부정을 목표로 하는 부정이 아니라, "없음을 뚫어지게 바라보며, 없음의 현실을 부정하는 힘 또는 없음에 대한 있음을 꿈꾸는 건강한 힘"이기에 일상에서 미처 감지하지 못한 것이 발견될 때 나름의 의미를 지닌다고 한다. 문제는 경험을 어떤 방법으로 사실에 부합해 재현하는가가 아니라, 진실로 그 경험이 무엇인가에 대한 시적 해명이며, 그 경험의 세계를 존재의 밝음 속으로 이끌어 오는 것이다. '비트겐슈타인'은 우리가 어떤 표현의 의미를 이해했다는 것은 다양한 언어 놀이 속에서 그 표현의 사용과 관련된 규칙을 터득했다는 것으로 풀이했다. 삶에 대한 시인의 태도는 몽환적 어휘의 나열이나 표면적으로 나타난 어휘를 통해서가 아니라 그것을 "정서적인 충격"으로 느낄 수 있게 하는 일이다. 시인은 그가 안고 있는 문제들을 차분히 내면화시켜 "시적 진정성"을 보여주고 있다.

한 청년이 헐레벌떡 문을 박차고 들어온다
두리번거리며
"여기는 셔츠 같은 건 안 파시나요?" 한다
"옆 도깨비마트에 있을지 모르겠는데
우린 그런 거 없어요" 대답과 함께
아홉 시에 문을 연다고 덧붙였다
망연자실한 그는 두리번거리다가 문득
안쪽 탈의실에 걸려있는
저 와이셔츠 얼마에 줄 수 있냐며
자기가 먼저 흥분하여 흥정을 한다
만 오천 원을 주겠다며 카드를 내민다
주겠다는 돈도 터무니없지만 바코드 없는
내 중고 와이셔츠를 어떻게 카드로 긁는단 말인가
하도 딱해 보여 그냥 주려 했지만
행동거지가 이건 아니다 싶은 찰나
그는 담배 세 갑을 사서 던져놓고
막무가내로 돌아선다

"갑자기 면접 보러 오라는 연락이 왔어요"

엊저녁까지 연락이 없어 허탈감에 빠진 채
밤늦도록 술을 마셨는데 새벽에 띠리릭,
문자를 받았고, 집에 못 들어간 거다

한겨울 얼떨결에 나는
반팔 와이셔츠를 담배와 바꿔먹었다
면접관은 그 사람 바코드를 제대로 찍었을까

-「바코드 2」 전문

상품의 포장이나 꼬리표에 표시된 검고 흰 줄무늬가 바코드이다. 제조 회사, 제품의 가격, 등 정보를 나타낸 것으로, 카운터에 있는 광학 스캐너로 영숫자나 특수글자 등 판독이 가능하다. 모든 상품에 바코드가 있어 계산이 편리해졌다.

이른 아침 한 청년이 헐레벌떡 문을 박차고 들어와 "여기는 셔츠 같은 건 안 파시나요?" 하고 묻는다. 안쪽 탈의실에 걸려있는 헌 와이셔츠를 얼마에 줄 수 있냐며 흥정을 한다. 바코드도 없는 와이셔츠를 어떻게 카드로 긁는단 말인가? 급히 면접을 보러 가야 할 청년이었다. "한겨울 얼떨결에 나는/ 반팔 와이셔츠를 담배와 바꿔먹었다/ 면접관은 그 사람 바코드를 제대로 찍었을까"(「바코드 2」 부분)에서 보여주는 재치 또한 만만치가 않다.

이은봉 시인은 시의 육체를 구성하는 세 가지를 묘사와 비유로부터 발생하는 이미지, 서사의 실제적 이야기, 리듬과 어조에서 태어나는 감정으로 꼽았다. 그렇다면 이정오 시인의 「바코드 2」는 시의 육체를 구성하는 세 가지를 모두 갖춘 셈이다. 준비가 안 된 아직 바코드가 없는 청년은 취업이란 바코드를 취득하기 위해 동분서주하고 있다. 이 스토리는 편의점을 운영하는 시인의 경험담이기에 구체적 묘사와 어울리는 어조와 시인의 감정으로 완결되었다. 박노해 시인은 "참된 시는 날카로운 외침이 아니라 그 누구도 거부할 수 없는 둥근 소리이며 길고 긴 여운을 지닌 소리"라고 하였다. 그 작품이 얼마큼 작가의 진정성을 담보하고 있는가에 따라 울림은 달라진다. 독자는 편의점으로 뛰어든 한 청년과 입던 와이셔츠를 내주는 편의점 주인과 만나며 "길고 따뜻한 여운"을 음미할 수 있을 것이다.

온종일 바닥만 닦았다
도농복합도시 여기는 한창 농사철

밭 갈고 논 갈고
채소 심고 감자 들깨 묻고
물 대고 써레질하고 모내기하고
우사 돈사 짓고 원룸 빌라 짓고

땀 흘린 발들이
아이스크림 음료수 소주 막걸리 생각나
터벅터벅 들어오고 나간다
사방 흙부스러기와 검불 먼지가 떨어진다

어쩔 수 없다
하루 내내 바닥을 쓸고 닦으며
나는 욕을 했던가
도를 닦았던가

-「대청소」 전문

편의점은 도시와 농촌을 끼고 있는 도농복합도시에 있다. "밭 갈고 논 갈고/ 채소 심고 감자 들깨 묻고/ 물 대고 써레질하고 모내기하고/ 우사 돈사 짓고 원룸 빌라 짓고"(「대청소」 부분)에서 보여주는 농촌은 지금 농사철을 맞아 분주하다. 아이스크림 음료수 소주 막걸리가 터벅터벅 들어오고 나가며 사방 흙부스러기와 검불 먼지가 떨어진다. 편의점 주인도 종일 바닥을 쓸고 닦으며 함께 노동을 하고 있다. "나는 욕을 했던가/ 도를 닦았던가"로 되묻고 있다. 단골고객이니 도를 닦듯 말을 삼켰을 것이다. 생생한 "삶의 현장"이다. 시를 포함한 모든 문학 작품은 필경 삶을 어떤 수준에서 새롭게 해주는 품격을 지향해야 하며, 모든 문체와 기법은 이를 위해 은밀히 봉사를 해야 한다고 한다. 시는 일상적인 경험의 변역이 아니라, 경험의 의미를 실현하는 움직임이다. 시인은 그 경험에 하나의 형식을 부여함으로써 그러한 경험의 진정한 주체가 된다. 이 시는 격에 맞는 품격을 지녔다. 터져 나오려는 자신을 누르며 은밀하게 "닦고 닦는"다. 상대편에게 고백할 수 없는 자신의 문제를 자유롭게 표현하는 방법인 독백으로 묻는다. 그때 나는 도를 닦았던가? 시인이 남겨둔 여백이 고요하고 치열하다. 독자들은 군더더기 없이 깔끔한 그 여백에 참여해 시를 만날 것이다.

밥을 먹고 있으면서도 배고픈 기분을
너는 아니?
한 끼 밥을 먹기 위해
몇 시간을 뼈 빠지게 일해야 하는지
생각해 봤냐구

만만한 구석이 없어 편의점을 찾게 되고
편의점에서도 빙글빙글 한 바퀴를 다 돌며
할인행사 하는 걸 찾다가 결국
라면 한 개 삼각김밥 하나 사들고 나올 때
너 그 기분 아냐구

그렇게 통화하며 문을 나서는
한 젊은 아가씨가 있었다

-「한 끼」 전문

밥을 "목숨"이라고 읽는 사람도 있다. "밥을 먹고 있으면서도 배고픈 기분을/ 너는 아니?/ 한 끼 밥을 먹기 위해/ 몇 시간을 뼈 빠지게 일해야 하는지/ 생각해 봤냐구"(「한 끼」 부분)에서 보여주는 밥을 먹으면서도 배고픈 기분은 어떤 것일까? 젊은 아가씨가 빙글빙글 한 바퀴를 다 돌며 찾아 헤맨 것은 한 끼 밥이었다. 모든 인간은 결국 밥 앞에서 무릎을 꿇는다. '가진' 자와 '가지지 못한' 자와 '가져야만 하는' 자, 그 사이에서 "갈등과 혼동"은 발생한다. 체념이라는 선택은 의지를 요구한다. 김현 평론가는 "문학은 배고픈 거지를 구하지 못한다. 그러나 문학은 그 배고픈 거지가 있다는 것을 추문(醜聞)으로 만든다. 그리하여 마침내는 인간을 행복으로 이끈다"고 하였다. 배고픔은 고통을 체험하게 함으로서 더 나은 행복을 추구하게 하고 삶의 면역력을 키운다. 이정오 시인은 일상에서 일어나는 주변의 이야기를 현실화시키며 "삶의 태도에 대한 질문"을 제시한다. 시집 『층층나무편의점』의 키워드는 제목에서 시사하듯이 편의점을 구심점으로 일상을 구성하는 "삶의 노동"과 "방치된 슬픔"을 다루고 있다. 시인의 직접적인 경험적 시선은 진정한 "삶의 자세"를 돌아보게 한다. 이정오 시인은 편의점이라는 공간을 확보하고 자신이 지은 세상 곳곳에 "삶의 기쁨과 슬픔"을 촘촘하게 기록해두었다. 간결하고 세련된 문장으로 많은 것을 보여주는 『층층나무편의점』에 들기 위해 자세를 고쳐 앉는다.

마경덕 | 시인

시와정신시인선 23
층층나무편의점
ⓒ이정오, 2019

초판 1쇄 | 2019년 6월 20일

지 은 이 | 이정오
펴 낸 곳 | **시와정신**
주　　소 | (34445) 대전광역시 대덕구 대전로1019번길 28-7
신창회관 2층
전　　화 | (042) 320-7845
전　　송 | (042) 629-8443
홈페이지 | www.siwajeongsin.com
전자우편 | siwajeongsin@hanmail.net
편　　집 | 정우석 010_9613_1010
제　　작 | 성은주 010_5209_2085
공 급 처 | (주)북센 (031) 955-6777

ISBN 979-11-89282-09-7 03810

값 10,000원

· 이 책의 판권은 이정오와 **시와정신**에 있습니다.
· 지은이와 협약에 의하여 인지를 생략합니다.
· 잘못된 책은 바꿔드립니다.